羊男のクリスマス

양 사나이의 크리스마스

HITSUJI OTOKO NO KURISUMASU
by Haruki Murakami

이우일 그림

무라카미 하루키

홍은주 옮김

양 사나이의 크리스마스

비채

✽

양 사나이가 크리스마스를 위한 음악을 작곡해달라는 부탁을 받은 것은 아직 여름이 한창일 때였다. 양 사나이도, 일을 맡기러 온 사내도 여름용 양털 옷 속에서 땀을 흠뻑 흘렸다. 한더위에 양 사나이로 살아가기란 매우 괴로운 노릇이다. 특히 에어컨을 살 형편이 안 되는 가난한 양 사나이한테는.

빙빙 돌아가는 선풍기 바람에 두 쌍의 양털 귀가 팔락거렸다.

"저희 양 사나이 협회에서는" 하고 입을 열면서 사내는 가슴 지퍼를 조금 내려 선풍기 바람을 안에 넣었다. "해마다 음악에 재능이 있는 양 사나이 한 명을 뽑아, 성聖 양 어르신님을 추모하는 음악을 의뢰해 크리스마스에 공연해왔습니다만, 올해는 경사스럽게도 당신이 뽑혔습니다."

"이거 참, 이거 참." 양 사나이는 말했다.

"특히 올해는 어르신님이 돌아가신 지 이천오백 년이 되는 기념할 만한 해인지라, 그에 걸맞은 각별히 훌륭한 양 사나이 음악을 작곡해주셨으면 합니다." 사내가 말했다.

"그렇군요, 그렇군요." 양 사나이는 귀를 긁적거리며 말했다. 크리스마스까지는 아직 넉 달 반이나 남았다. 그만한 여유가 있으면 나도 훌륭한 양 사나이 음악을 작곡할 수 있어 하고 양 사나이는 생각했다.

"알겠습니다. 맡겨주세요." 양 사나이는 자신만만하게 말했다. "꼭 근사한 음악을 작곡해내겠습니다."

하지만 9월이 지나고, 10월이 지나고, 11월이 다 가도록 양 사나이는 양 사나이 협회에서 부탁받은 일을 좀처럼 시작할 수 없었다.

양 사나이는 낮에 근처 도넛 가게에서 일하는 까닭에 작곡에 전념할 시간이 얼마 되지 않았다. 그런데 양 사나이가 낡아빠진 피아노 건반을 두드리기 시작하면, 일층에 사는 하숙집 주인아주머니가 쫓아와 콩콩콩 문을 두드렸다.

"시끄러워요, 그만 좀 해요. TV 소리가 안 들리잖아요!"

"죄송하지만 이러는 것도 다 크리스마스까지니까, 당분간만 참아주실 수 없을까요?" 양 사나이가 주뼛주뼛 말했다.

"멍청한 소리 말아욧." 하숙집 주인아주머니는 버럭 소리를 질렀다. "불만 있으면 집을 비워주시든가. 댁처럼 기묘한 '꼴'을 한 사내한테 방을 세준 것만으로도 동네 웃음거리인데, 이 이상 민폐는 사절이라고."

양 사나이는 침울한 기분으로 달력을 바라보았다. 크리스마스가 나흘 뒤로 닥쳤는데 약속한 음악은 한 소절도 만들지 못했다. 피아노를 칠 수 없는 탓이다 .

양 사나이가 풀 죽은 얼굴로 점심시간에 공원에서 도넛을 먹을 때, 양 박사가 마침 앞을 지나갔다.

"무슨 일인가, 양 사나이 군." 양 박사가 물었다. "왜 그리 기운이 없나? 크리스마스도 다가오는데 그러면 곤란하잖아."

"바로 그 크리스마스 때문에 기운이 없답니다." 양 사나이는 이렇게 말하고, 양 박사에게 자초지종을 털어놓았다.

"흠, 흠" 하고 양 박사는 수염을 쓰다듬었다. "그거라면 내가 도와줄 수 있을지도 모르겠네."

"정말이세요?" 양 사나이는 미심쩍다는 듯이 말했다. 그도 그

럴 것이 양 박사는 양만 외골수로 파고드는 좀 별난 학자로, 동네 사람들 사이에서는 머리가 살짝 이상하다는 소문도 돌았다.

"정말이다마다." 양 박사가 말했다. "저녁 6시에 우리 집으로 오게. 좋은 방법을 가르쳐줄 테니. 그런데 그 시나몬 도넛, 내가 먹어도 될까?"

그러고는 양 사나이가 "좋습니다"라고도 "드십시오"라고도 미처 말하기 전에 도넛을 냉큼 집어 가 우적우적 먹어치웠다.

그날 해 질 무렵, 양 사나이는 시나몬 도넛 여섯 개를 챙겨 들고 양 박사 집을 찾아갔다. 양 박사 집은 매우 오래된 벽돌집으로, 정원수 한 그루 한 그루가 양 모양으로 다듬어져 있었다. 현관 초인종도, 문기둥도, 바닥돌도 모조리 양이었다. 굉장한걸 하고 양 사나이는 생각했다.

양 박사는 여섯 개의 도넛 가운데 네 개를 눈 깜박할 사이에 우적우적 먹어치우고, 나머지 두 개를 찬장에 소중히 넣었다. 그런 다음 손가락에 '침'을 묻혀 테이블 위에 흩어진 '가루'를 찍어 할짝할짝 핥았다.

'도넛을 진짜 좋아하시나 봐.' 양 사나이는 감탄했다.

손가락을 깨끗하게 핥고 나자 양 박사는 책꽂이에서 두툼한 책을 한 권 꺼냈다. 표지에 《양 사나이의 역사》라고 적혀 있었다.

"자, 그럼, 양 사나이 군" 하고 박사가 묵직한 목소리로 말했다. "여기엔 양 사나이에 관한 거라면 뭐든지 적혀 있다네. 자네가 양 사나이 음악을 작곡할 수 없는 이유도 말이야."

"박사님, 이유라면 이미 아는걸요. 하숙집 주인아주머니가 피아노를 못 치게 하는 탓입니다." 양 사나이는 말했다. "피아노만 칠 수 있어도……."

"아닐세, 아닐세." 양 박사는 고개를 가로저으면서 말했다. "그게 아니야. 피아노만 친다고 절로 작곡이 되는 게 아니라네. 거기엔 훨씬 더 깊은 이유가 있어."

"깊은 이유라 하시면요?" 양 사나이가 물었다.

"저주에 걸렸어." 양 박사가 목소리를 낮춰 말했다.

"저주에 걸려요?"

"그렇다니까." 양 박사는 이렇게 말하고 몇 번이나 고개를 끄덕거렸다.

"저주 걸린 탓에 피아노도 못 치고 작곡도 못 한다네."

"흐음." 양 사나이는 신음을 흘렸다. "어쩌다 저주에 걸렸을까요? 나쁜 짓이라고는 아무것도 하지 않았는데요."

양 박사가 책장을 팔랑팔랑 넘겼다.

"자네 혹시 6월 15일에 달을 올려다보지 않았나?"

"아뇨, 벌써 오 년쯤 달구경 같은 건 하지도 않았습니다."

"그렇다면 작년 크리스마스이브에 구멍 뚫린 음식을 먹지 않았나?"

"도넛이라면 매일 점심으로 먹는걸요. 크리스마스이브에 무슨 도넛을 먹었는지는 기억나지 않지만, 음…… 아무튼 도넛을 먹은 건 분명합니다."

"구멍 뚫린 도넛이었나?"

"네, 그야 그렇죠. 도넛이라면 대개 구멍이 뚫려 있으니까요."

"그거구만." 박사는 말하고, 고개를 몇 번이고 몇 번이고 몇 번이고 끄덕였다. "그래서 저주에 딱 걸렸다고. 명색이 양 사나이

라면 12월 24일 크리스마스이브에 구멍 뚫린 음식을 먹어서는 안 된다는 것쯤 자네도 알 텐데."

"그런 말은 금시초문인데요." 양 사나이가 놀라서 말했다. "대체 무슨 말씀이세요?"

"성 양 축제일을 모르다니, 어이없어서 원." 이번에는 양 박사가 놀라서 말했다. "요즘 젊은이들은 아무것도 모르는구만. 자네 양 사나이가 될 때, 양 사나이 학교에 다니면서 여러 가지 배우지 않았나?"

"네, 뭐, 그야. 실은 제가 학교 공부가 썩 신통치 못했던 편이라, 뭐랄까." 양 사나이가 머리를 긁적긁적했다.

"그것 보라고, 자네가 부주의하니까 이런 꼴을 당하는 걸세. 시원찮은 사람이구만. 하지만 도넛도 얻어먹었으니 이건 내가 가르쳐주지." 양 박사가 말했다. "잘 듣게, 12월 24일은 크리스마스이브인 동시에 성 양 축제일이거든. 요컨대 성 양 어르신이 한밤중에 길을 가다가 구덩이에 떨어져 돌아가신 거룩한 날이란 말이지. 그러니까 그날은 구멍 뚫린 음식을 먹으면 안 된다는 게 옛날 옛적부터 '쭈욱' 내려오는 금기 사항이라고. 마카로니라든가, 지쿠와[•] 라든가, 도넛이라든가, 오징어 튀김이라든가, 양파링, 뭐 그런 거."

"좀 궁금해서 그런데요, 애초 성 양 어르신님은 어째서 오밤중에 길을 가셨고, 어째서 길에 구덩이 같은 게 있었나요?"

"알 게 뭐야. 어쨌거나 무려 이천오백 년 전 일인데 내가 알 리 없잖아. 하여튼 그렇게 정해져 있다니까. 그게 이른바 금기라는 걸세. 알고 그랬건 모르고 그랬건 금기를 깨면 저주에 걸리지. 저주에 걸리면 양 사나이는 이미 양 사나이가 아닌 거야. 자네가 양 사나이 음악을 작곡할 수 없는 이유는 거기 있다고. 응."

"난처하게 됐는걸." 양 사나이는 몹시 난처한 기색으로 말했다. "저주를 풀 방법은 없나요?"

"흐음." 양 박사가 말했다. "방법이 없지는 않지. 하지만 간단한 일은 아니거든. 그래도 좋은가?"

"상관없습니다. 뭐든 하겠습니다. 가르쳐주세요."

"다름 아니라 자네도 구덩이에 떨어지는 걸세."

"구덩이요?" 양 사나이가 되물었다. "구덩이에 떨어지다니, 어

• 가운데가 뚫린 원통 모양 어묵

떤 구덩이요? 구덩이라면 뭐든지 괜찮나요?"

"멍청한 소리 하면 곤란하지. 아무 구덩이나 괜찮을 턱이 있나? 저주를 풀기 위한 구덩이인 만큼 크기도 깊이도 엄격히 정해져 있다고. 좀 기다리게. 지금 알아볼 테니."

양 박사는《성 양 어르신 전기》라는 너덜너덜한 책을 꺼내, 또 팔랑팔랑 책장을 넘겼다.

"흐음…… 응, 여기군. 성 양 어르신은 직경 2미터, 깊이 203미터 구덩이에 떨어져 돌아가셨다, 라고 되어 있어. 그러니까 그것과 똑같은 구덩이에 떨어지면 돼."

"그래도 말입니다, 깊이 203미터 구덩이라니, 정말이지 저 혼자 힘으로는 파지도 못하거니와 무엇보다 그런 데 떨어졌다가는 저주도 풀리기 전에 죽지 않나요?"

"잠깐, 잠깐, 아직 더 있어. '저주를 풀고 싶은 자는 구덩이 깊이를 백분의 일로 줄여도 무방하다', 다시 말해 2미터 3센티미터여도 괜찮다 그 말이지."

"아아, 다행이다. 그 정도라면 괜찮네요, 팔 수 있겠어요." 양 사나이는 마음이 놓였다.

양 사나이는 양 박사에게 책을 빌려 집으로 돌아왔다. 그 책에

따르면 저주를 풀기 위한 구덩이에는 조건이 무척 많았으므로, 양 사나이는 하나하나 노트에 옮겨 적었다.

①과 ②는 그렇다 쳐도, 고작 2미터 남짓한 구덩이에 떨어지는데 어째서 도시락이 필요한지 양 사나이는 모를 일이었다.

'뭐, 됐어. 그렇게 하라니까 그대로 하면 되지.' 양 사나이는 생각했다.

크리스마스이브는 사흘 뒤였다. 사흘 안에 물푸레나무 자루가 달린 삽을 만들어, 직경 2미터에 깊이 2미터 3센티미터 구덩이를 파야 한다. 원 참, 이상한 일에 말려들었는걸, 하고 양 사나이는 한숨을 내쉬었다.

물푸레나무는 숲속에서 찾아냈다. 양 사나이는 도끼로 물푸레나무 가지를 잘라 칼로 깎아내 하루 종일 걸려 삽자루를 완성했다. 이튿날, 집 뒤 공터에 구덩이를 파기 시작했다.

memo

① 구덩이를 팔 때는 물푸레나무 자루가 달린 삽을 써야 한다. (성 양 어르신이 물푸레나무 지팡이를 짚고 다니셨기 때문)

② 구덩이에 떨어지는 시각은 크리스마스이브 오전 1시 16분이어야 한다. (성 양 어르신이 그 시각에 구덩이에 떨어지셨기 때문)

③ 구덩이에 떨어질 때는 구멍 뚫리지 않은 음식으로 도시락을 싸 가야 한다.

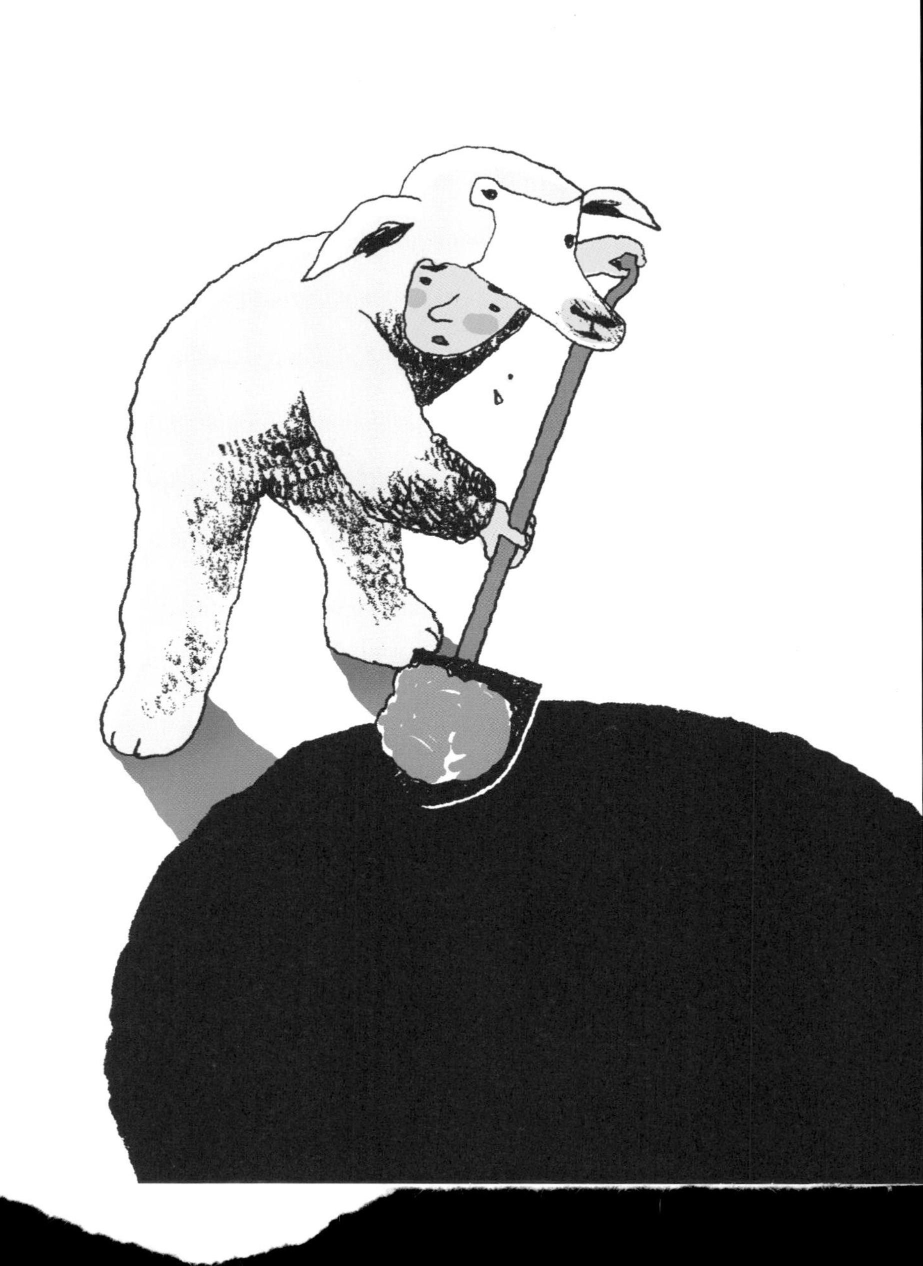

하숙집 주인아주머니가 나타나 "잠깐, 지금 뭐 하시나? 웬 구덩이지?" 하고 물었다.

"쓰레기 버릴 구덩이예요." 양 사나이가 대답했다. "그런 게 있으면 편리하지 않을까 싶어서요……."

"흥, 글쎄 그럴까. 괴상한 짓 벌였다가는 경찰에 신고할 테니 그리 알아요." 주인아주머니는 밉살스럽게 내뱉고 가버렸다.

양 사나이는 줄자로 꼼꼼히 치수를 재면서 직경 2미터, 깊이 2미터 3센티미터인 구덩이를 완성했다.

"음, 됐어." 양 사나이가 말하고 구덩이에 나무 뚜껑을 덮었다.

이윽고 크리스마스이브가 찾아왔다. 양 사나이는 도넛 가게에서 구멍이 뚫리지 않은 꽈배기 도넛을 한아름 가져다 배낭에 담았다. 그 정도면 훌륭한 도시락이었다. 그런 다음 양털 옷 가슴 주머니에 지갑과 소형 회중전등을 넣고 지퍼를 올렸다.

새벽 1시가 되자 주위 집들의 불빛도 꺼지고 공터는 칠흑처럼 어두워졌다. 달도 없고 별도 보이지 않는다. 자신의 손도 보이지 않는다.

"이렇게 깜깜하니 아무리 성 양 어르신님이라 해도 구덩이에 떨어질밖에." 양 사나이가 중얼거리면서 회중전등을 비춰 구덩이를 찾았다. 하지만 어찌나 깜깜한지 구덩이는 좀처럼 찾을 수 없었다.

"난처하네, 슬슬 1시 16분이 될 텐데. 만일 구덩이를 못 찾으면 내년 크리스마스이브까지 기다려야 하잖아. 그렇게 되는 날엔 정말이지……" 하고 중얼거리는데 갑자기 양 사나이의 발밑이 푹 꺼졌다. 양 사나이는 구덩이에 빠지고 말았다.

'낮에 누군가 뚜껑을 걷어내버렸구나.' 양 사나이는 구덩이에 떨어지면서 생각했다. '보나마나 하숙집 주인아주머니겠지. 아무튼 내가 싫어하는 일만 골라서 하는 양반이니까.'

하지만 다음 순간 양 사나이는 아무래도 이상하다는 걸 알아차렸다. 왜 계속 떨어질까. 내가 판 구덩이는 깊이 2미터 3센티미터니까 이렇게 한참 떨어질 리 없는데.

돌연 쿵 소리를 내면서 양 사나이는 구덩이 바닥에 부딪쳤다. 몹시 깊은 구덩이인데 신기하게도 아프지 않았다.

양 사나이는 몇 번 머리를 흔들고 회중전등으로 주위를 비춰 보려 했지만 회중전등이 없었다. 구덩이에 떨어질 때 잃어버린

모양이었다.

"뭐야, 뭐냐고, 젠장" 하는 소리가 어둠 속에서 들렸다. "아직 1시 14분인데? 이 분이나 빨라, 젠장. 다시 올라가서 처음부터 새로 하라고."

"미안합니다. 어두워서 헤매다가 잘못 떨어져버렸어요." 양 사나이는 말했다. "게다가 이렇게 깊은 구덩이를 다시 올라가기란 도저히 무리인걸요."

"할 수 없군, 젠장. 하마터면 깔릴 뻔했잖아. 이쪽은 1시 16분에 떨어지는 걸로 알고 있는데, 젠장."

성냥 긋는 소리가 들리고 촛불이 밝혀졌다. 촛불을 켠 이는 키 큰 사내였다. 키가 크다지만 어깨까지는 양 사나이와 별반 다르지 않았다. 대신 얼굴이 한없이 길고, 그 기다란 얼굴은 꽈배기 도넛처럼 꼬여 있었다.

"그런데 형씨, 젠장, 도시락은 제대로 챙겨왔겠지?" 하고 '꼬불탱이'가 말했다. "안 가져왔으면 진짜 심한 거라고, 젠장."

"챙겨왔어요, 제대로." 양 사나이가 당황해서 대답했다.

"그럼 꺼내 놔봐, 젠장, 나도 배고프거든."

양 사나이가 배낭을 열고 꽈배기 도넛을 하나 꺼내 '꼬불탱이'에게 건넸다.

"뭐, 뭐래, 이건?" '꼬불탱이'가 버럭 소리쳤다. "형씨, 나 놀리려고 이런 거 가져왔지? 젠장."

"아뇨, 오해예요!" 양 사나이는 땀을 닦으면서 말했다. "저는 도넛 가게에서 일해서, 구멍이 뚫리지 않은 음식이라고는 그 '꼬불탱이' 도넛밖에 없었어요."

"거봐, 방금 '꼬불탱이'랬잖아, 젠장." '꼬불탱이'는 그렇게 말하고 바닥에 주저앉아 꼬인 눈에서 눈물을 흘리며 훌쩍훌쩍 울기 시작했다. "나라고 좋아서 이런 얼굴을 하고, 이런 컴컴한 구덩이 바닥에서 문지기나 하는 줄 알아? 젠장."

"이런, 말이 잘못 나왔어요. '꽈배기' 도넛이라고 하려던 거였어요."

"됐어, 이미 늦었어, 젠장." '꼬불탱이'는 울면서 말했다.

양 사나이가 할 수 없이 꽈배기 도넛을 하나 더 꺼내, '꼬인 부분'을 풀어 똑바르게 늘인 다음 '꼬불탱이'에게 건넸다.

"자요, 아무렇지도 않잖아요, 반듯하잖아요. 괜찮으니까 드세요. 맛있어요."

'꼬불탱이'는 그것을 받아들고 우물우물 먹었지만 울음은 그치지 않았다.

'꼬불탱이'가 울면서 도넛을 먹는 사이, 양 사나이는 '꼬불탱이'의 촛불을 빌려 주위를 살펴보았다. 구덩이 바닥은 널찍한 방이었다. 방에는 '꼬불탱이'의 침대와 책상이 놓여 있었다.

'문지기가 있는 이상 어딘가에 문이 있을 게 분명해.' 양 사나이는 생각했다. '문이 없으면 문지기도 필요 없잖아.'

양 사나이가 짐작한 대로 침대 옆에 작은 구멍이 나 있었다. 양 사나이는 촛불을 들고 구멍으로 기어 들어갔다.

구멍은 캄캄하고 구불구불한 굴로 이어져 있었다.

"나 원, 작년 12월 24일에 도넛 좀 먹었다고 이런 꼴을 당해야 하다니." 양 사나이는 혼잣말을 궁얼거렸다.

십 분쯤 굴속을 나아가자 주위가 차츰 밝아졌다. 이윽고 출구가 보였다. 굴 밖은 환한 햇빛이 쏟아지고 있었다.

'뭔가 이상해. 구덩이에 떨어진 게 새벽 1시 넘어서니까 아직 날이 밝았을 리 없는데.' 양 사나이는 고개를 갸울였다.

굴을 벗어나자 너른 공터가 나왔다. 양 사나이가 처음 보는 키 큰 나무가 공터를 둘러싸고 있었다. 하늘에 새하얀 구름이 떠 있고 새들이 지저귀는 소리가 들렸다.

"자, 이제 어쩐다? 책에는 구덩이에 떨어지면 저주가 풀린다고 적혀 있었는데 왜 이렇게 됐담." 양 사나이가 말했다.

양 사나이는 배도 출출하고, 앉아서 도넛을 하나 먹기로 했다.

양 사나이가 도넛을 베어 무는데, 뒤쪽에서 "안녕하세요, 양 사나이 씨" "안녕하세요" 하는 소리가 들렸다. 양 사나이가 돌아보자 쌍둥이 여자아이가 서 있었다. 한 여자아이는 '208'이라는 번호가 적힌 셔츠를 입고, 또 한 여자아이는 '209'라는 번호가 적힌 셔츠를 입었다.

번호만 빼면 두 여자아이는 머리끝에서 발끝까지 똑같았다.

"여어, 얘들아." 양 사나이가 말했다. "이리 와서 같이 도넛 먹지 않을래?"

"와아, 신난다." 208 여자아이가 말했다.

208
209

"무척 먹음직스러워." 209 여자아이가 말했다.

"맛있단다. 내가 만든 거야." 양 사나이가 말했다. 세 사람은 바닥에 나란히 앉아 우물우물 도넛을 먹었다.

"잘 먹었어요." 209가 말했다.

"이렇게 맛있는 도넛은 처음 먹어봐요." 208이 말했다.

"다행이구나." 양 사나이가 말했다. "그런데 얘들아, 내가 저주에 걸렸는데 말이야, 그거 푸는 방법 모르니? 여기 오면 풀린대서 왔는데."

"가엾어라." 208이 말했다.

"저주라니, 꽤 고생스럽죠?" 209가 말했다.

"'엄청나게' 고생스러워." 양 사나이가 말하고 한숨을 내쉬었다.

"그거라면 바다까마귀 부인을 찾아가서 물어보면 어떨까?" 209가 208에게 말했다.

"그러게, 바다까마귀 부인이라면 알지도 몰라." 208이 209에게 말했다.

"그 부인은 저주에 대해서라면 아주 잘 알잖아." 209가 208에게 말했다.

"저기, 얘들아, 나 좀 그 까마귀 부인한테 데려다주지 않을래?"

양 사나이가 말했다.

"까마귀 아니거든요." 208이 말했다.

"바다까마귀죠." 209가 말했다.

"까마귀랑 바다까마귀는 전혀 다르잖아." 208이 말했다.

"전혀 다르지." 209가 말했다.

"미안, 미안." 양 사나이는 208과 209에게 사과했다. "그 바다까마귀 부인이 사는 곳에 데려다줄 수 있니?"

"물론이죠." 208이 말했다.

"따라오세요." 209가 말했다.

쌍둥이와 양 사나이는 셋이서 숲길을 걸었다. 쌍둥이는 걸으면서 노래를 불렀다.

만일 바람이 쌍둥이라면
동쪽 서쪽에 불 텐데
만일 바람이 쌍둥이라면
오른쪽 왼쪽에 불 텐데

십 분에서 십오 분쯤 걷자 숲이 끝나고, 그 너머에 바다가 한

없이 펼쳐져 있었다.

"저기 바위 위에 작은 오두막 보이죠? 저기가 바다까마귀 씨 댁이에요." 209가 손가락으로 가리키며 말했다.

"우리는 숲 밖으로는 나가지 못해요." 208이 말했다.

"정말 고맙다. 큰 도움이 됐어." 양 사나이가 말했다. 그리고 배낭에서 꽈배기 도넛을 꺼내 쌍둥이에게 하나씩 건넸다.

"고마워요, 양 사나이 씨." 208이 말했다.

"무사히 저주가 풀리면 좋겠네요." 209가 말했다.

바다까마귀 부인 집에 가기란 여간 힘들지 않았다. 울퉁불퉁한 바위가 깎아지른 듯 솟아 있어 길다운 길도 없었다. 게다가 거센 바닷바람이 바위를 기어오르는 양 사나이를 당장이라도 날려버릴 기세였다.

"바다까마귀 부인이야 훨훨 날아다니니까 괜찮겠지만, 걸어서 올라가는 사람 입장도 좀 생각해주면 좋잖아." 양 사나이가 궁얼거렸다.

그래도 양 사나이는 어찌어찌 바위 꼭대기까지 올라가 바다까마귀 부인 집 문을 두드렸다.

"누구요? 신문 대금 수금인가?" 집 안에서 쉰 목소리가 외쳤다.

"아뇨, 아닙니다. 저는 양 사나이라고 하는데요……" 양 사나이는 말했다.

"그런 사람한테 볼일 없수." 바다까마귀 부인임 직한 목소리가 쌀쌀맞게 내뱉었다.

"이상한 사람 아닙니다. 문 좀 열어주세요."

"정말 신문 대금 걷으러 온 거 아니지?"

갑자기 문이 벌컥 열리고 바다까마귀 부인이 얼굴을 내밀었다. 부인은 늘씬하게 키가 크고 부리가 곡괭이처럼 뾰족했다.

"쌍둥이가 바다까마귀 부인이라면 저주에 관해 잘 아신다고 해서요." 양 사나이는 주눅 든 채 말했다. 저런 부리에 머리를 쪼였다가는 단박에 죽겠는걸.

부인은 미심쩍다는 눈초리로 양 사나이를 빤히 바라보았다.

"일단 들어오시지. 얘기나 들어보지 뭐."

집 안은 그야말로 엉망진창이었다. 바닥에는 먼지가 굴러다니고, 테이블은 소스가 묻어 끈적거리고, 쓰레기통은 흘러넘쳤다.

양 사나이는 지금까지 일어난 일을 하나하나 설명했다.

"그거 곤란하게 됐군." 부인이 말했다. "다른 출구로 나와버렸어."

"그럼 다시 처음으로 돌아가야 하네요?"

"그건 안 되지. 한번 와버리면 되돌아갈 수 없어." 부인은 부리를 좌우로 흔들고 말했다. "단, 내가 저주가 풀리는 장소로 태워다줄 수는 있지."

"그렇게 해주시면 기쁘겠는데요." 양 사나이가 말했다.

"보아 하니 제법 무겁겠는데?" 바다까마귀 부인이 신중하게 말했다.

"무겁기는요. 42킬로그램밖에 안 나가는걸요." 양 사나이는 3킬로그램 줄여 말했다.

“그럼, 이렇게 하자고.” 바다까마귀 부인이 말했다. “집을 깨끗이 치워주면 내가 거기로 데려다주지.”

“좋습니다.”

하지만 바다까마귀 부인 집을 청소하는 데는 시간이 상당히 걸렸다. 몇 달이나 청소라고는 하지 않은 게 분명했다. 양 사나이는 때가 들러붙은 접시와 밥그릇을 닦고, 테이블을 훔치고, 청소기를 돌려 바닥을 치우고, 수건을 빨고, 쓰레기를 모아 버렸다. 다 마치자 녹초가 되고 말았다.

“저주 때문에 이게 무슨 생고생이람.” 양 사나이는 부인에게 들릴세라 조그맣게 궁얼거렸다.

“호오, 호오, 말끔해졌군.” 바다까마귀 부인이 흡족한 투로 말했다. “집이란 무릇 이 정도는 깨끗해줘야지.”

"그럼 이제 데려다주시는 거죠?"

"그러지 뭐. 난 약속은 지키거든. 자, 올라타."

양 사나이가 등에 올라타자 바다까마귀 부인이 가볍게 날아올랐다. 양 사나이는 하늘을 나는 게 처음이라 부인의 목덜미에 단단히 매달렸다.

"잠깐, 이봐, 답답해. 그렇게 목을 조르면 어떡해. 숨도 못 쉬겠네." 바다까마귀 부인이 호통쳤다.

"앗, 미안합니다." 양 사나이가 바다까마귀 부인에게 사과했다.

하늘에서는 바다와 숲과 언덕이 한눈에 내려다보였다. 초록빛 숲과 짙푸른 바다가 끝없이 펼쳐졌고 그 사이에 흰 모래톱이 띠처럼 이어져 있었다. 몹시 아름다운 광경이었다.

"아름답네요." 양 사나이가 말했다.

"뭐, 보통이지. 매일 보면 물려." 바다까마귀 부인이 시큰둥하게 대답했다.

바다까마귀 부인은 양 사나이를 태운 채 날개 상태를 점검하는 듯 집 위를 몇 바퀴 선회하고는 100미터도 못 가 초원에 털썩 내려앉았다.

"왜 그러세요, 부인? 어디 몸이라도 불편하세요?" 양 사나이가 걱정스럽게 물었다.

"불편하기는 내가 왜." 바다까마귀 부인이 고개를 가볍게 가로젓고 말했다. "몸이 불편할 일이 있을 게 뭐야. 난 기운 팔팔하기로 이 근방에선 알아주는데."

"그러게 이런 데 내려버리시니까 드리는 말씀이에요."

"여기가 그 장소라고." 부인이 말했다.

"여긴 부인 집에서 100미터도 채 안 되잖아요?" 양 사나이는 어이없었다. "여기라면 굳이 태워주지 않으셔도 걸어서도 얼마든지 올 수 있었다고요."

"하지만 그랬으면 우리 집 청소는 안 해줬을 거 아냐?"

"그야 뭐, 그렇지만요."

"게다가 난 멀다고는 한마디도 하지 않았다고. 그냥 태워다줄 수 있다고만 했지."

"음, 뭐, 하기는." 양 사나이는 납득하지 못한 채 말했다.

바다까마귀 부인은 깍깍 웃으면서 날아올라 집 방향으로 사라졌다.

양 사나이가 주위를 둘러보자 초원 한복판에 아름드리나무 한 그루가 보였다. 나무 기둥에 줄사다리가 걸쳐져 있었다. 달리 아무것도 눈에 띄지 않았으므로 양 사나이는 일단 사다리를 타고 올라가보기로 했다.

줄사다리는 흔들거려서 올라가기 힘들었다. 양 사나이가 땀을 흘리면서 삼사십 단쯤 올라갔을 때 나뭇가지 사이에서 "여어, 형씨, 무슨 볼일이지?" 하는 명랑한 목소리가 들렸다.

"미안하지만 저주 때문에 왔는데요, 뭐 아시는 거 없으세요?" 양 사나이는 목소리가 들리는 쪽을 향해

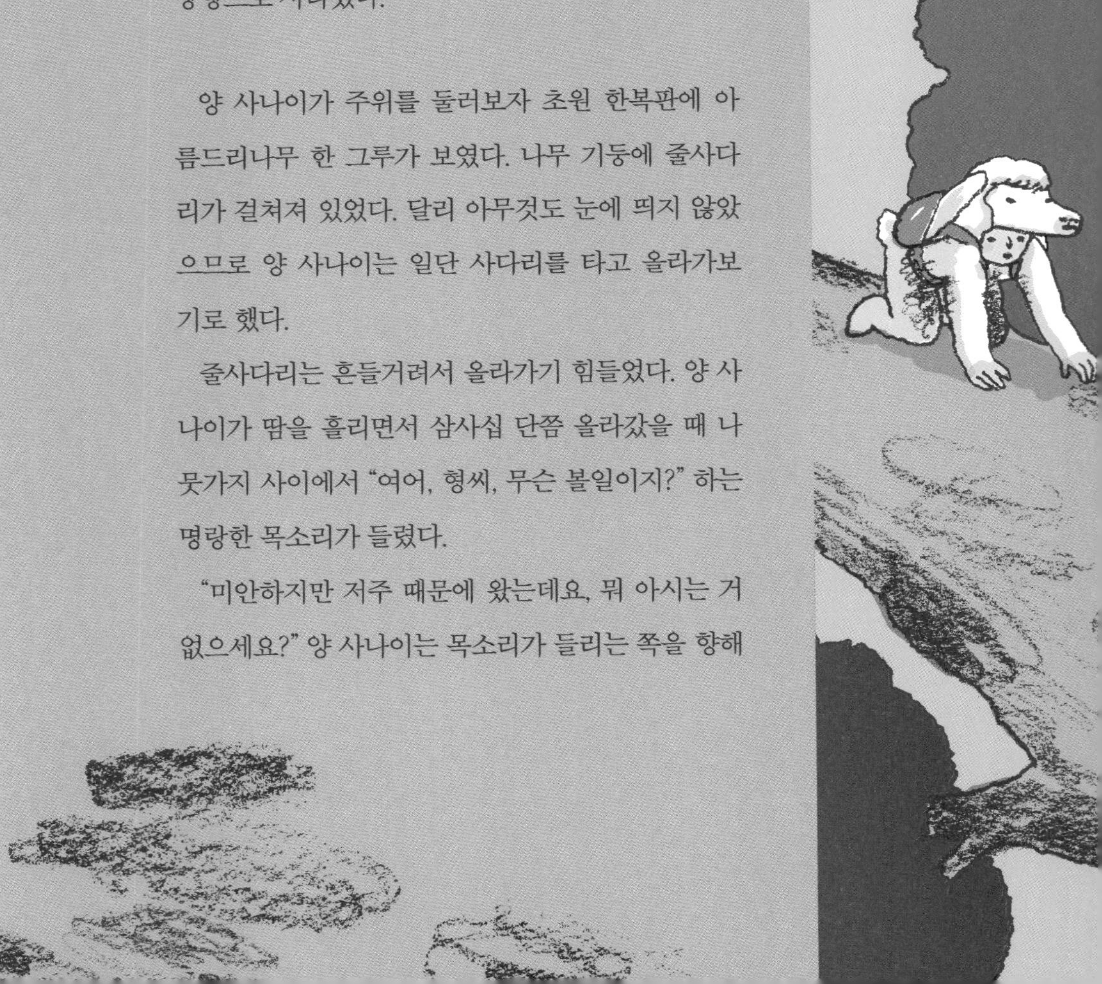

말해보았다.

“아하, 저주 말이군, 하하하. 좋아, 이리 와.” 목소리가 말했다.

양 사나이가 발밑을 조심하면서 나뭇가지를 헤치며 가보니, ‘나무굴’에 지은 작은 통나무집이 있고, 그 앞에 ‘꼬불탱이’가 쪼그려 앉아 큼직한 면도칼로 수염을 깎고 있었다.

“어라?” 양 사나이가 말했다. “아까는 구덩이 바닥에 계시지 않았나요?”

“아냐, 그건 나 아니거든, 하하하하.” ‘꼬불탱이’가 웃으면서 말했다. “그쪽은 형이라고. 봐, 난 오른쪽으로 꼬였잖아. 형은 왼쪽으로 꼬였어. 형은 걸핏하면 울고 심술궂은 말을 해대지, 후후후.”

오른 ‘꼬불탱이’는 쿡쿡 웃으며 눈동자는 오른쪽을 향하고 턱은 왼쪽을 향한 채 요령 좋게 수염을 깎았다.

“형제인데 성격은 완전 딴판이신 모양이네요.” 양 사나이가 감탄했다.

“그야 그럴밖에, 오른쪽이랑 왼쪽이잖아, 정반대지, 후후후후.” 오른 ‘꼬불탱이’는 귀밑에 면도칼을 갖다 대면서 말했다. “후후후후."

"그런데 저주 말인데요……" 양 사나이가 말했다.

"아무것도 안 가르쳐줄래, 헤헤헤." 오른 '꼬불탱이'가 말했다. "계속 저주에 걸려 골탕 좀 먹어봐, 헤헤헤헤헤."

양 사나이는 화를 내며 나무에서 내려왔다.

"뭐 이런 데가 다 있담." 양 사나이는 말했다. "오른 '꼬불탱이'나 왼 '꼬불탱이'나 배배 꼬이기는 매한가지고, 바다까마귀 부인은 제멋대로고."

양 사나이는 이제 이래도 그만 저래도 그만이라 생각하고 발길 닿는 대로 나아갔다. 얼마간 걷자 맑은 샘이 나와, 샘물을 몇 모금 마시고 도넛을 또 하나 먹었다. 도넛을 다 먹자 잠이 쏟아져, 양 사나이는 풀밭에 드러누워 한숨 자기로 했다.

양 사나이가 눈을 떴을 때 해는 이미 기울어 하늘에 새하얀 별들이 빛나고 있었다. 바람이 휑휑 소리를 내고, 때때로 원숭이 울음소리도 들렸다.

"난처하네. 여긴 도대체 어디람. 이런 데서 길을 잃다니. 아직 저주도 풀리지 않았는데." 양 사나이가 혼잣말을 했다.

“저어…… 듣자 하니 저주 때문에 곤란하시다고요?” 불쑥 어둠 속에서 조심스러운 목소리가 들려왔다.

“누구세요? 대체 어디 계세요?” 양 사나이가 놀라서 말했다.

“그러니까…… 이름도 없는 몸입니다.” 목소리는 부끄러운 것처럼 말했다.

양 사나이가 주위를 둘러봤지만 어두워서 아무것도 보이지 않았다.

“굳이 찾지 말아주세요.” 목소리가 말했다.

“저기, 제가 정말로 별 볼 일 없어놔서요. 변변찮아서요.”

“나와서 같이 도넛이라도 드실래요?” 하고 양 사나이는 권해보았다. “저도 혼자라 쓸쓸하고요.”

“그러니까…… 도넛 같은 걸 얻어먹을 만한 주제도 못 되어서요, 정말로” 하고 그 ‘부끄럼쟁이’는 말했다. “그렇게 말씀해주시는 마음만으로도 감격이네요.”

“괜찮아요, 도넛이라면 많이 있어요, 부끄러우시면 저는 저쪽을 보고 있을 테니 이리 오셔서 드시면 어때요?”

“미안하네요.” ‘부끄럼쟁이’는 말했다. “그럼 제일 작은 걸로 절반만 주시든가요.”

양 사나이가 풀밭 위에 도넛을 하나 올려놓고 고개를 돌렸다. 이윽고 사부작사부작 하는 기척이 들리고 누군가 다가오더니 우물우물 도넛을 먹었다.

"맛있네, 하이고, 맛있네." '부끄럼쟁이'가 말했다. "돌아보시기 없깁니다."

"네, 돌아보지 않을 테니 저주에 관해 뭐 아시는 게 있으면 가르쳐주실래요?" 양 사나이가 물었다.

"저주 말이죠, 네, 우물우물, 알죠." '부끄럼쟁이'가 말했다. "하이고, 맛있네, 우물우물."

"어디 가면 저주를 풀 수 있을까요?" 양 사나이가 물었다.

"그 샘물에 뛰어들면 돼요, 우물우물, 간단하죠." '부끄럼쟁이'가 말했다.

"하지만 저는 헤엄을 못 치는데요."

"헤엄 못 쳐도 걱정 없어요. 괜찮아요. 그

나저나 하이고, 맛있네, 우물우물."

양 사나이는 될 대로 되라는 심정으로 샘가로 가 머리부터 뛰어들었다. 하지만 양 사나이가 뛰어들자마자 샘물이 통째로 사라져버렸다. 양 사나이는 구덩이 바닥에 머리를 세게 부딪치고 말았다. 머리가 어질어질했다.

"저런, 미안하게 됐구려." 누군가 말했다. "설마 머리부터 뛰어들 줄 누가 알았나."

양 사나이가 눈을 뜨자 키가 140센티미터 남짓한 작달막한 노인이 앞에 있었다.

"에휴, 아파라." 양 사나이가 말했다. "할아버지는 도대체 누구세요?"

"내가 성 양 어르신이외다." 노인은 싱글거리면서 상냥하게 말했다.

"그럼 저한테 저주를 건 장본인이시네요? 도대체 왜 그러셨어요? 몹쓸 짓을 저지른 것도 아닌데 이렇게 호되게 골탕을 먹다니. 몸은 녹초가 다 됐고요, 보세요, 머리에는 혹까지 났죠." 양 사나이가 이렇게 말하고, 성 양 어르신에게 혹을 보여주었다.

"저런, 어쩌나. 참말 미안하게 됐구려. 하지만 다 이런저런 사정이 있다오." 성 양 어르신이 말했다.

"그러게 무슨 사정이신지 꼭 들어보고 싶네요." 양 사나이가 뾰로통하게 말했다.

"자, 자." 성 양 어르신이 말했다. "일단 같이 가시게나. 보여줄 게 있으니."

성 양 어르신이 앞장서서 성큼성큼 안쪽으로 향하자 양 사나이도 고개를 가로저으며 따라갔다. 이윽고 성 양 어르신이 입구 앞에 멈추더니 문을 슥 열었다.

*

"메리 크리스마스!" 모두 소리쳤다.

방 안에는 모두 모여 있었다. 오른 '꼬불탱이'와 왼 '꼬불탱이', 208과 209, 바다까마귀 부인에 '부끄럼쟁이'까지. '부끄럼쟁이'는 입가에 도넛 가루가 묻어 있어 금세 알아보았다. 양 박사의 모습도 보였다.

방에는 커다란 크리스마스트리가 있고, 트리 밑에 리본으로

209

묶은 선물 꾸러미가 쌓여 있었다.

"대체 어떻게 된 거예요? 왜 다들 여기 있나요?" 양 사나이가 놀라서 말했다.

"다 같이 양 사나이 씨를 기다렸어요." 208이 말했다.

"한참 기다렸어요." 209가 말했다.

"내가 크리스마스 파티에 자네를 초대했다네." 성 양 어르신이 말했다.

"아니, 전 저주에 걸렸고 그래서……" 양 사나이가 말했다.

"그러게 내가 저주를 걸어 여기로 불러들였다 그 말일세." 성 양 어르신이 말했다.

"그편이 스릴도 있고 다들 즐겁잖은가."

"즐거웠다, 깍깍." 바다까마귀 부인이 말했다.

"재미있었다고, 젠장." 왼 '꼬불탱이'가 말했다.

"유쾌했거든, 후후후후." 오른 '꼬불탱이'가 말했다.

"하이고, 맛있었네…… 우물우물." '부끄럼쟁이'도 말했다.

양 사나이는 속은 것이 억울했지만, 차차 즐거워졌다. 주위에 있는 모두의 얼굴이 매우 행복해 보였기 때문이다.

"됐어요, 그런 거라면." 양 사나이가 의젓하게 고개를 끄덕이며 말했다.

“양 사나이 씨, 피아노 쳐봐요.” 208이 말했다.

“피아노 잘 치죠?” 209가 말했다.

“여기 피아노가 있을까?” 양 사나이가 물었다.

“있다마다, 있다마다.” 성 양 어르신이 말하고 큼직한 천을 스르르 걷어냈다. 양 모양의 새하얀 피아노가 드러났다. “자네를 위해 준비해뒀다네. 마음껏 치시게나.”

그날 밤 양 사나이는 몹시 행복했다. 양 피아노는 훌륭한 소리를 냈고, 머릿속에서는 아름다운 멜로디며 즐거운 멜로디가 끊임없이 떠올랐다.

오른 '꼬불탱이'와 왼 '꼬불탱이'가 입을 모아 노래하고, 208과 209가 춤추고, 바다까마귀 부인은 '깍깍' 울며 뛰어다니고, 성 양 어르신과 양 박사는 가지가지 맥주를 차례차례 맛보았다. '부끄럼쟁이'도 신나게 바닥을 굴러다녔다.

크리스마스 케이크가 골고루 나눠졌다.

'부끄럼쟁이'는 "하이고, 맛있네, 우물우물" 하면서 케이크를 세 쪽이나 먹어치웠다.

"양 사나이 세계가 언제까지나 평화롭고 행복하기를." 성 양 어르신이 기도를 올렸다.

눈을 떴을 때 양 사나이는 자기 방 침대 속에 있었다. 모두 꿈속에서 벌어진 일 같았지만, 꿈이 아니란 걸 양 사나이는 잘 알았다. 머리에는 혹이 또렷이 남아 있고, 양털 옷 엉덩이 쪽에는 기름이 묻어 있고, 원래 있던 낡은 피아노는 사라지고 새하얀 양 피아노가 놓여 있었다. 전부 진짜 일어났던 일이었다.

창밖은 은빛 세계였다. 나뭇가지에도 우편함에도 울타리에도 흰 눈이 쌓여 있었다.

그날 오후 양 사나이가 동네 끝자락의 양 박사 집을 찾아가봤지만, 집은 이미 없었다. 휑한 빈터뿐이었다. 양 모양으로 다듬어진 나무도, 기둥도, 정원석도 다 사라졌다.

"다시는 그들을 만날 수 없구나." 양 사나이는 아쉬웠다. "두 '꼬불탱이'도, 208과 209 쌍둥이도, 바다까마귀 부인도, '부끄럼쟁이'도, 양 박사도, 성 양 어르신도."

그렇게 생각하자 양 사나이의 눈에서 눈물이 흘렀다. 양 사나이는 어느새 모두를 무척 좋아하게 되었다.

하숙집에 돌아오자 우편함에 양 그림이 그려진 크리스마스카드가 한 장 들어 있었다.

카드에는 '양 사나이 세계가 언제까지나 평화롭고 행복하기를'이라고 적혀 있었다.

옮긴이 **홍은주**

이화여자대학교 불어교육학과와 동 대학원 불어불문학과를 졸업했다. 일본에 거주하며 프랑스어와 일본어 번역가로 활동하고 있다. 옮긴 책으로 무라카미 하루키의 《기사단장 죽이기》《장수 고양이의 비밀》《수리부엉이는 황혼에 날아오른다》, 마스다 미리의 《여탕에서 생긴 일》《오사카 사람의 속마음》, 미우라 시온의 《마사&겐》, 아리카와 히로의 《현청접대과》, 델핀 드 비강의 《실화를 바탕으로》, 카트린 아를레의 《지푸라기 여자》 등 다수가 있다.

1판 1쇄 인쇄 2019년 12월 3일 **1판 1쇄 발행** 2019년 12월 20일

지은이 무라카미 하루키 **그린이** 이우일 **옮긴이** 홍은주
펴낸이 고세규
편집 장선정 **디자인** 홍세연

발행처 김영사
주소 경기도 파주시 문발로 197(문발동) 우편번호10881
등록 1979년 5월 17일(제406-2003-036호)
주문 및 문의 전화 031)955-3100 **팩스** 031)955-3111
편집부 전화 02)3668-3295 **팩스** 02)745-4827 **전자우편** literature@gimmyoung.com
비채 카페 cafe.naver.com/vichebooks **인스타그램** @drviche **카카오톡** @비채책
트위터 @vichebook **페이스북** www.facebook.com/vichebook
ISBN 978-89-349-9975-1 03830 책값은 뒤표지에 있습니다.

비채는 김영사의 문학 브랜드입니다.
이 도서의 국립중앙도서관 출판시도서목록(CIP)은 서지정보유통지원시스템 홈페이지(http://seoji.nl.go.kr)와 국가자료공동목록시스템(http://www.nl.go.kr/kolisnet)에서 이용하실 수 있습니다.
(CIP제어번호: CIP2019046614)